세상에 못난 시詩는 없다

세상에 못난 시詩는 없다

2023년 1월 20일 제 1판 인쇄 발행

지 은 이 ㅣ 복재희
펴 낸 이 ㅣ 박종래
펴 낸 곳 ㅣ 도서출판 명성서림

등록번호 ㅣ 301-2014-013
주   소 ㅣ 04552 서울시 중구 삼일대로8길 17 3~4층(충무로 2가)
대표전화 ㅣ 02)2277-2800
팩   스 ㅣ 02)2277-8945
이 메 일 ㅣ ms8944@chol.com

값 10,000원
ISBN 979-11-92945-01-9

세상에
못난 시詩는 없다

/ 복 재 희 시집 /

도서출판 명성서림

작가의 변

인간은 살아가는 길에 저마다 소임所任이 있어 자기 몫을 다할 때 만족하거나 득의得意로운 성과를 창출할 수 있을 것이다.

하지만, 글쟁이라는 문패를 목에 거는 순간부터는 소득의 유무가 아닌 삶의 가치에 치중함이 당연하다 할 것이다.

내 삶은 어려서부터 글을 가까이 하는 시간들에서 행복이라는 단어를 이해하며 살아왔다.

그래서일까 주섬주섬 젖은 빨래를 널듯 속옷까지 햇볕에 말리려는 부끄러움을 감수하며 또 시집을 출간한다.

이 기진한 일을 왜 하는지 자신에게 물어봐도 해답은 없다. 그러하다고

독자의 가슴에 한 줄이라도 닿아서 위무慰撫가 되려고 출간한다는 말은

설령, 이 말이 진실일지라도 목구멍에 걸려서 뱉을 수 없다.

한 가지 소망이 있다면,

나의 젖은 이야기가 누군가의 젖은 이야기와 만나서 하나의 꼭짓점이 형성되어 흠씬 울고 싶어서 썼다.

시 쓰기를 낚시에 비유해보면 월척만이 전부가 아니라 손 떨리는 전율을 맛보기 위함일 수도 있다는 비유로 부끄러움을 대신한다.

내 체험이지만 그 체험을 시로 빚기엔 턱없이 부족했음을 시인하면서 시詩를 쓰는 한 나른한 고뇌도 행복이라 생각하는 가슴들에게 한 장의 손수건이고 싶다.

차
례

1부 / 두려움은 산 자의 몫

2부 / 내 태생의 의문

3부 / 샐기죽 기우는 마음

4부 / 아이들의 배꼽

6부 / 어렴풋이 알겠어요

1

**두려움은
산 자의 몫**

두려움은 산 자의 몫

수없이 죽어 본 사람에게
한 번의 죽음은 그저 옮겨가는 일
철심 없는 암벽도 기어올랐었고
길 없는 길에서 길을 내기도 했으니
내 글 길이 이정표 없는 극야라 해도
쉬 무너지지 않을 근력은 나만의 만화경
자랑이 아니다 버석한 튀밥 같은 내 삶이다

내 어머니도 그랬었고
내 아버지도 그랬었다니
내가 그런 것은 당연한 유전인자 덕분
서녘에 서 보니 하나같이 물 풍선이었다만
봄여름 바삐 보내고 지금은 글과 뜨거운 밀애 중
썼다가 지움도 지우고 다시 씀도 달달한 솜사탕
쓰며 산다는 것은 수없이 죽어서 얻어진 덤 같은 것

立春오면, 大吉하겠지

기실은 올 터인데
기다림에도 나이가 드니 거울너머엔
머쓱한 웃음대신 골 깊은 주름 앞서구나
겨우내 어질한 흔들림 멀미로 잘 버텼으니
봄 오면 말 다운 말 들려오겠지
봄 오면 글 다운 글 만나질 거야
심쿵에 빗장 열어 성급한 욕심일지라도

기실은 올 터인데 봄 오면
살겠지, 목구멍에 걸려 답답한 인생들
녹겠지, 변명조차 삼킨 차디찬 잔설들
파랑새도 노래하겠지, 그대 애썼노라고
어진 가슴들의 언덕은 서럽고 서러웠느니
그 날엔 그대 체온 따스해질 거야
그 날엔 기진한 우리의 체온도 따스해 지고말고

立春오면 大吉하다니 또 속아보자 선한 가슴들이여

사라질지 모를 종족

숲속에 살고 있는 사슴이 있어
아직은 살아 있는, 선한 눈매를 가진 종족이지

뿔이 있어 높은 족속이라고 시인은 기록하지만
살얼음 깨지는 소리에도 혼미해지는 새가슴과
밀렵꾼 총구보다 더 두려운 매일의 스트레스와
풀떼기나 먹고 사니 강하지 못해 당하는 비애와
거기다 수면 아래에서도 목줄 노리는 악어들까지

지구에서 먼저 사라진 종족들이 자주 생각 나
바바리 사자 여행비둘기 캐롤라이나잉꼬 회색곰 등
비명도 없이 사라졌을 땐 사연이 있겠지 있고말고
미모 때문에 사라진 분홍머리오리는 슬프지 않았을까
왕실모자에 깃털로 사라진 쪼르레기는 웃으며 갔을까

숲속에 살고 있는 사슴이 있어
아직은 살아 있는, 선한 눈매를 가진 종족이지만
조만간 숲속에서 바람처럼 멸종되고 없을지도 몰라
영리하고 상서로워서 병풍에 새겨진 사실을 기억해 달래
물만 마시며 버티고 있지만 번식을 위한 건 아니라는 거야
뜻대로만 된다면 호랑이로 태어나 호령하며 그렇게 살 거래

세상에 못난 시詩는 없다

반려견을 사랑하는 집들이 늘고 있어
주인 잘 따르고 온순한 '말티즈'
애교도 많고 새침데기인 '시추'
활기차고 쾌활하며 영리한 '파 피용'도 있지

똑똑해서 훈련이 쉬운 '푸들'
체구는 작지만 골격이 다부진 '페키니즈'
어리광 많고 참을성 많은 '불 독' 멋지잖아

털이 많은 아이는 빗질해 주고
귀가 덮인 아이는 귓속 살피면서
배 아파 낳은 아이처럼 공들이면 되는 거지

멍멍 왈왈 낑낑 쿵쿵 음색이 다르니 개성이지
"나 좀 봐 주세요"라는 하울링은 눈물 나잖아
못났건 잘났건 그 뿌리는 '회색늑대' 하나거든

털 없는 애들도 사랑받을 특성은 갖고 태어난다지

귀띔해 드립니다

오늘의 일기도는
쌍발 저기압 상태라서 비구름이 이어지겠습니다

찢어진 비닐우산이라도 챙기는 게 낫겠습니다
열려진 장독은 뚜껑을 단단히 덮는 게 좋겠습니다
만약, 당신이 소금이라면 녹아내릴 수 있기 때문입니다

내일의 일기도는
발해 만에 천이백hp 저기압이 다가오고 있습니다

버럭버럭 콩죽 끓는 솥은 피하시기 바랍니다
얼토당토않게 화상을 입을 수 있기 때문입니다
저기압은 하늘에만 요동치지 않음을 인식합시다

모레의 일기도는
남풍의 변덕으로 북서풍이 일 것입니다

외투 단추를 단단히 채우십시오. 자칫
속살이 드러나고 *군드러지기 쉬움을 귀띔해 드립니다
바람의 변덕은 언제나 우리의 예상과는 다르기 때문입니다

늘 예상치 못한 바람은 사방에서 다가오고 있습니다
저기압이든 고기압이든 당당히 맞설 내공을 지닙시다
따스한 봄기운이 오면 이 또한 눈 녹듯 사라질 테니까요

* 군드러지다 : 곤두박질하여 푹 쓰러지다

자궁 속으로 ~~

저 혼자 만든 것은 아니에요
둘이 만들었다는 진실도 아니구요
제 손가락은 아무리 세어 봐도 열 개 뿐
손가락이 스무 개였다면 달라졌을지도 모르겠어요

파쇄기에 이름이 잘려요
잘려나간 이름이 이름을 달라고 침묵하네요
여기는 독일도 아닌데 가스등에 떠밀려 다녀요
만약 손가락이 스무 개였다면 막을 수 있을까요

자궁 속으로 밀어 넣고 있어요
제가 이렇게 그렇게 잘못 만들었으니까요
파쇄기는 한 번도 피를 흘리지 않아요. 더러는
전원이 뽑히면 그럴싸한 기계로 보이기도 하지요

지금은 통금이 된 밤거리를 슬슬 배회하고 있어요
어제는 산타마리아도 화가 나서 돌아서고 말았거든요
폭설에 갇힌다 해도 합리적인 사고는 얼어붙지 않지요
자궁 속에 든 파쇄기가 나름 어지럽히긴 해도 괜찮아요

이제는, 잘린 이름이 이름을 달라고 조르지 않거든요

세상 살기 참 힘들었지요

누가 나에게 물었다
세상 살기 참 힘들었지요 라고
그 물음의 의미를 알기까지
강산이 여섯 번 반이나 변했다
금슬 좋은 울 어무이 아부지
마지막 소산물이라 엑기스로
만드셨다는 웃지 못할 유머답게
깔끔떨게 생겨 먹었고
뾰족하게 생겨 먹어 고생했다는 질문

내 입장에선 억울하고말고
베이는 줄 알아도 칼날에 다가섰고
허무와 실망만 내 몫인 걸 알면서 껴안아
뒷걸음질 모르는 가슴에 쟁여두고 품다보니
상처에 새살 돋우려 자책의 불면만 내 몫이었는데
땅은 알지
동그란 치마폭이 얼마나 너른지
하늘은 알지
지극히 사람을 사랑하는 이 마음조차

바보 맞겠지? 맞겠다!

자그만 서랍장에 님을 두고 돌아선 길
조그만 호숫가 홀로 선 하얀 새 짝을 찾는데
백로인지 아닌지 그냥 슬퍼 보이는 외발서기
어디선가 한 무리 벚꽃 잎들 키스해 주고
꽃비에 검은색 상복이 패셔너블했지 아마
어디선가 한소끔 바람까지 다가와
흩어진 머리카락 빗질도 해 줬지 아마
예수가 못 박힌 것도 아닌데
사방이 깜깜해져 밤처럼 어두웠지 아마

스무 번 넘게 요사를 떨며 산천이 흘렀어도
멍울로 검게 탄 표정은 이방인으로 살 수밖에
이 모습 보기 좋은지 하늘에 따져 물어봤더니
늘 그렇듯 구름만 감싸 안고 몰라라만 하드라
참 알 수 없지 인연이란 이름
참 답도 없지 운명이란 굴레
그럼에도
그럼에도
사람에게 위로받고 싶은 나 정녕 바보 맞겠지 맞겠다

A fool, Right? I Guess!

on the way I turned around leaving a loved one in the
small drawer
A white bird by the lake is looking for its mate
A sad-looking one footed clerk, if not a white heron
Somewhere, a group of cherry blossom leaves were
kissed by me
My black dress was fashionable in the rain of flowers, may
be
A little bit of wind came to me somewhere and
brushed off the scattered hair, may be
It's not even Jesus Day
It was dark everywhere, like a night, may be

Even if the mountains have flowed capriciously over
twenty times
The look on the black face looks like I have to live as a
stranger
I asked the sky if it was good to see this appearance
As usual, he said he didn't know it with a cloud around
him.
I don't know it. The name of the karma..
There's no real answer. The fate is a bridle
Nevertheless
Nevertheless
I wanted to be comported by people, Surely, a fool, ain't I?

도긴개긴(두꺼비 변)

너구리는 제 키가 하늘에 닿았다 하고
여우는 제 키가 하늘 바깥에 닿았다 하고
난다 긴다가 아닌 도긴개긴들끼리의 아수라

여우머리 위에 앉아 불알을 잡힌 두꺼비가 이겼지

너구리는 태고적에 태어났다 하고
여우는 당고적에 태어났다 제압하지만
오십보백보끼리 도토리 키 재기 하는 개그에

진지한 두꺼비 참빗질하기를
내가 낳은 큰 자식은 이미 태고적에 묻었고
작은 자식은 당고적에 묻었으니 누가 어른일까

밥 주던 처자 堂神 제물로 바쳐질 때 지네를 잡았더냐
지장법사 가져온 사리와 가사장삼을 뜬눈으로 지켰더냐
가난한 이웃 위해 헌집 받고 새집 한 채 지어 주었더냐

내 비록 봉놋방에 자다가 옴이 올라 우툴두툴하다만
은혜를 위해선 목숨도 던지는 정의로운 피를 지녔거늘
고작, 갯과에 속해 순수 혈통도 없는 입술들은, 쉬잇!

허~허 말이야 쉽지

자아를 노려보는 시詩
눈빛이 고집스럽고 두렵다
어찌할 바 몰라 고개 숙이니
그것이 다가 아니란다
또 어찌할 바 몰라 고개 드니
바로 그것이 문제란다
덤불에 갇혀 허우적거림 고작인데
가슴불로 태우고 헤쳐 나오란다
허~허
말이야 쉽지 어디서 불씨를 찾아야 할지도

산모롱이 돌다 다시 맞닥뜨린 시詩
이죽이죽 표정이 역겹다
가던 길 가겠다 비키라 하니
귀 막고 따라오라 재촉한다
허면 가던 길 접겠다 하니
이젠 입 닫고 따라오라 깝친다
상처 보듬고 절룩이며 다다라 보니
치유가능하다 팻말은 우뚝한데
허~허
말이야 쉽지 가나다라 널브러진 광야廣野로구나

강아지보다 못한 자식

실제 있었던 판결이다

"강아지에게 일천 오백 육십억을 주세요
사육사에겐 매년 오억을 주세요
강아지가 죽고 난 후 남은 돈은
동물보호소에 기증해 주세요, 그리고
내 외동아들에겐 10억을 주세요"

어떻게 개보다 못하냐며
분을 참지 못해 변호사를 사서 소송을 한다
판사가 그 아들에게 질문을 한다

"일 년에 몇 번이나 부모를 찾아갔느냐
좋아하시던 음식은 무엇인지 아느냐
전화는 얼마 만에 한 번이라도 하느냐
생신 날짜는 언제인지 아느냐"

"아무리 그랬기로, 아들인데 개만도 못합니까"

"혹, 아들이 불평을 하거든 천 원만 주세요"

부모의 유언대로
"당신에겐 천 원만 상속한다" 꽝 꽝꽝

헐거운 자아

달리 누더기인가
헤지고 낡아졌기에 이름이지
달리 수치인가
아닌데 기라고 우기는 이름이지
그 허무한 이름의 민낯은 헐거운 자아의 산물이라
나를 앞세우고 나 외엔 네가 없는 자리만 고집하다
그림자에 넘어져 페르소나에 아픔조차 숨기는 이름이지

많이 봤지
또 볼 것이라 이상하지도 않은 헛웃음만 키 높고
인정하는 이 없는 그림을 살리려
덧칠에 덧칠로 우둘투둘한 슬픈 이름이라서
나조차 병명 잃은 장애인 되어 할 말도 아끼려 물구나
무섰다
상대 기쁨은 호주머니에 감추고 나만 행복하자는 욕망
이란 그 이름
멈추지 않는 바퀴 달고 오늘도 엇길만 고집하는 헐거운
자아 어쩌누

2

내 태생의 의문

문학의 임계점

행여
꽃을 피워 볼 심산으로 대지를 헤매다
태양도 수분도 없는 어느 구석에 기진함을 눕혔다
별빛에 숨을 쉬고 달빛에 하소를 터뜨리면서
밤이 낮인 양 고요한 생명의 박동 일으켜 여명을 만나니
실 같은 생명 줄도 누구에겐 질투라서 헛웃음만 변명이라

젠장
대체 어디에 가슴 누이란 말인가
겨우 한 줄로 살아내기란 임계점에 치달으니
가을에 닿아 겨울을 버텨야 하는 연민만 키 높이고
봄이 오기까지 세찬 바람은 세모시 속살을 에이구나
기어코 닿아야 할 길 어긋날세라 저어하는 조타수의 시선뿐

허면
생의 중심 뿌리에 허방의 허우적거림 전부일지라도
소망이란 줄기에 기어코 꽃무리 달아내리란 염원 품고
버티고 삭히다 보면 무성히 우러러 구름도 새들도 쉴 터
그날엔 바람 잦아든 가슴끼리 정박의 휴식을 노래하리라
촉촉한 입술로 휘파람도 불리라 귀 있으면 들으라고

내가 아는 한 가지

빨간색을 담았어
파란색은 익지 않은 것 같고
노란색은 너무 실 것 같아서

웃는 사람을 담았어
우는 사람은 뭔가 막혀보였고
말없는 사람은 엉큼해 보여서

계산대에서 바코드를 찍었어
찌~익, 빨간색이 쓴맛이 난데
찌~익, 웃는 사람을 조심하래

학교에서 가르쳐 주지 않았어

그럼에도, 내가 아는 한 가지
알 하나는 잘 고를 수 있어
낳아보진 않았어도, 그것은

싱싱한지 상했는지 흔들어 보면 되거든

느낌표 하나

여기
고독이 두려워
시를 쓰는 빈곤한 영혼이 있습니다

사람이 무서워
사람이고자 하는 고뇌가 있습니다

붓방아로
자책하는 허망이 있습니다

어쩔 수 없는
난감에 멍한 시간이 있습니다

여기
이것도 詩라고 우기는
간절한 길 우에 있습니다

아직 여기
저것도 詩라 우기려
느낌표 하나 넝마소쿠리에 담습니다

내 태생의 의문

내 어머니는 신이다
나에게 호흡을 주시고 생각을 주신 신께서
아무리 생각해도 콘크리트와 섹스를 한 것 같진 않다
콘크리트가 한 번씩 벌떡 벌떡 부풀어 오를 때마다
신이 아니라면 동정녀 마리아일거란 확신도 들었다
뻔질난 대못질을 오히려 불쌍히 여기시던 그 치마폭

내 어머니는 분명 신이다
열 가지마다 흠 하나 없이 물관을 열어주시고
혹여 그늘질까 가지마다 공들여 햇살을 공급하시고
실해진 과실에는 도둑이 들세라 밤에도 눈은 뜨셨다
때때로 찬바람이 일면 가지들 얼세라 군불이 되셨다
잘 자라서 쉼터가 되도록 기도라는 비료도 듬뿍 주셨다

하얀 세마포를 입으신 신이 지난밤 꿈에 다녀가셨다
울면 바보라고, 슬플 땐 거울을 찬찬히 보라고 하셨다
닮긴 했는데 신의 소산물이라 하기엔 미운 것 투성이다
가지에 난 상처 덧날까 약 발라 주시던 신의 모습 보인다
손 시릴까 잔불에 돌멩이 달궈 주시던 신의 손길도 보인다
누가 뭐래도 내 어머니는 신神이 아니면 달리 이름이 없다

석양이 핏빛으로 더 붉은 오늘은 내 어머니의 탄신일이다

내가 나에게 묻길래

도대체 할 줄 아는 게 뭐냐고
바람이 묻길래
그냥 흔들리는 거라 답했다
파도가 묻길래
그냥 부서지는 거라 답했다
장대비가 묻길래
그냥 온몸으로 젖는 거라 답했다

도대체 험한 세상 어찌 사냐고
농아가 묻길래
말할 필요 없어 좋았다
맹인이 묻길래
손짓할 필요조차 없어 좋았다
내가 나에게 묻길래
처음엔 그냥 웃다가 그만 울어버렸다

신호등은 침묵만

도의 금지선을 넘고
모래로 반죽 된 슬픈 이름이라서
고독을 사랑한 바람에 멈춰선 적색 등
누가 가까이 할 수 있을까
그 누가 이름을 부를 수 있을까
어둠의 굴절 헛헛해서 허무만 키 높다

형해形骸를 지녔기로 다 사람일까
하늘을 이고 사니 구름도 보일 터
땅을 밟고 사니 꽃향기도 맡을 터
파문이라 이해하니 가벼움에 환하다
그 아름다운 페르소나
그 치밀한 몸짓이 연극이었다 하니

고독한 바람은 그렇듯 제 길을 가는데
무지가 던진 돌에 잃은 것은 파란 불이다
왜 그랬을까
유턴도 모르면서 운전대는 잡고 싶은 미성년
어쩌누
신호등은 껌벅껌벅 침묵 수행중인데

시인이 되는 건가

아이처럼 들떠서 놓쳐버린 진실들
봄 탓이라 말하면 시인이 되는 건가
가시광선이 그리 보이게 할 뿐
붉음도 푸름도 진실이 아님을 아는데

그렇게 여름이 오고 여름은 파고들어
성숙된 가장한 낯설음을 백지에 숨기고
목줄 타는 비릿한 고독을 연인처럼 부비다
땀 한 방울 훑듯 무심히 떨쳐내는 기억들

이름에서부터 흔들리는 가을에 다다라
벌레 먹은 낙엽에 내 속내를 견주고
찬가지로 매달린 열매에 어지름을 느낄 때
툭 던져주는 느낌표 하나에 가을이 묻는다

바람은 또 불 텐데 낙엽은 애 거두냐고
갈비는 또 내릴 텐데 마음 창은 왜 닦느냐고
나르시시즘 뿐인 피하는 일 고작인 세상에서
열심히 살면 바보라고 그냥그냥 무심히 살으란다

부서진 마음의 집

바위가 굴러 떨어졌어요
기중기도 들지 못하는 걸 보니 무거운가 봐요
수십 년 함께 살아온 지붕이 사라지고 없어요
꼬리 흔들며 따르던 바둑이도 보이지 않구요
꿈을 꿀 수 없으니 더는 꽃도 피지 않겠지요

무너진다는 것은 남의 얘기인 줄 알았어요
듣고 보고는 했지만, 저도 겪을 줄 몰랐어요
가벼운 듯 무거운 바위에 제 집이 사라졌어요
비는 늘 내렸지만 이렇게 무너질 줄 몰랐어요
더는, 가슴에 숨기고 산 열쇠가 필요 없어졌어요

다시 지으려면 저 바위부터 옮겨야 하잖아요
기중기도 못 드는 걸, 神은 옮길 수 있을까요
천삼백 년을 기다려 핀 연꽃이 위로합니다
이천 년을 기다려 핀 대추야자도 힘을 줍니다
도면은 남아 있으니 다시 지을 수 있다 합니다

혹시, 그대 집도 무너지셨습니까?
설계도면이 필요하시면 기꺼이 복사해 드릴게요

주저앉은 이 자리에서

산까치 다정한 입맞춤에
할 일도 없는 세상은 무심히 열립니다
까마득한 세월 내게도 달콤한 입맞춤은 있었겠다만

사랑받고 사랑하고 그렇게 산 세월이 이젠 꿈이랍니다

자식 윤내려는 기름칠로 손과 발이 비틀어져도, 오직
그것만이 지팡이라는 맹목으로 앞만 보고 살았습니다
그것만이 지팡이라는 믿음으로 허덕이며 살아냈습니다

사랑받고 사랑하고 그렇게 산 세월이 이젠 꿈이랍니다

그 지팡이에 눈이 찔려 살이 짓무릅니다, 물길이 열려
그 지팡이에 허리가 꺾여 그만 주저앉았습니다
노을은 피를 토하며 다시 일어나라 부추기는데 말입니다

사랑받고 사랑하고 그렇게 산 세월이 이젠 꿈이랍니다

지팡이에게 귀찮아진 자아를 토닥여 줍니다
수많은 말을 삼키고 산 내 목구멍을 위로합니다
이 자리에서 토하는 침묵은 축복의 또 다른 이름이라며...

지느러미 세우는 중

물고기가 잘 때도 눈을 뜨는 이유
눈꺼풀이 없어서라는 지적은 긴 가방끈들 이해방식

물고기는 잘 때도 눕지 않는 이유
달아날 준비 태세라는 지적은 도망자들 사고방식

수족관 물고기는 다른 이유
수온의 차이 환경의 차이란 해석은 회칼들의 변명

눕지도 앉지도 서지도 못하는 절망은 알지, 그럼에도
살아보려 지느러미 세우려는 안간힘, 거울 속에도 있어

지루한 찰나刹那

춥다
괴질에 얼어버린 일상은 벼랑 끝에 부서지고
가까워야 살가운 당연 법 에둘러
멀어져야 산다는 악법 서슬 퍼런 세상
하루가 멀다 찾아오던 얼굴이 그리움이라서
청정하던 일상표지판엔 넘실한 시무룩만

까톡 까톡 체온 잃은 기계음 고작인 나날에
의미와 무의미조차 구분이 어려운 방역이란 허울
육신은 이미 내 것이 아닌 그들의 올무에 묶였으니
잃은 시간은 애꿎은 풍경만 울리나 댕그랑 덩그랑
흑호黑虎가 기지개 켠 소한도 이틀 지난 지금
허무의 터널은 붓끝만 어지럽히고 당도가 새해라니

찰나刹那가 지루해서 39억 광년 전으로 나는야 갈란다

짓는 일은 노동

뭐든지 짓는 일은 노동이지

바람만 이는 황량한 사막에서
집을 짓는다는 거친 손을 만났다
바닥도 기둥도 지붕도 보이지 않는 검불에
재료는 바람뿐인데 대체 어찌 짓는다는 건지

모래가 모래를 밀어 거친 손에 닿는다
바람이 바람을 밀어 거친 손을 떠난다

짓는다는 것이 노동이라면
만나는 일은 커피를 마시는 일
주섬주섬 백지가 바람에 흩어진다
어떤 대목大木도 뼈대 없이는 지붕도 없지

뭐든 짓는다는 것은 노동
뭐든 쓴다는 것도 노동이지
뭐든 만난다고 생각해 봐
만나는 일은 진한 이야기를 마시는 카페테리아

인 연

Passionate

그대는
섬

You are
An island.

난 사랑스런
파도

I am
A lovely gurge.

부서져도
닿아서

Even if broken
It reaches you.

하아얀 포말
진주로 안길래

With the white foam pearls
I want to hug you.

지우기 놀이

내 창고엔 케케묵은 상자가 수두룩 빽빽하다
가끔은
정리도 하지만 거개 햇빛을 보지 못한 절망과
가끔은
스며드는 햇살에 실눈을 뜨는 상자들의 고독들

내 창고엔 케케묵은 보따리들이 널브러져 있다
가끔은
열어서 곰팡이도 널어 주지만 아직은 젖은 것과
가끔은
방수층이 헐어 대충 씻은 듯 얼룩진 흐린 것들

내 창고엔 케케묵은 명화들도 켜켜이 쌓여 있다
오늘은
걸어 줄 것과 묻어 버려야 할 것을 분리할 셈이다
오늘은
퍽이나 희멀건 백지인 척 하나씩 지워 줄 참이다

3

샐기죽
기우는 마음

불평이 생기거든

다르게 흐르는 시간과
양지와 음지로 나눠진 벽이 서 있는 곳

그곳엔
아늑한 둥지에서 출발하여
목적지로 향하는 밝은 잰걸음들 달리
박스 한 장으로 밤새 한파를 견딘
맥없는 표정이 갈 곳 잃고 정지해 있는 곳

다른 색깔의 고민이
철로를 두고 나뉘는 곳

무엇을 사고 무엇을 먹을까
행복한 고민들로 분주한 발길들 허나
어제도 굶었으니 오늘은
한 끼라도 구해야 하는 절박함이 나뉘는 곳

그곳엔
무료배식이 끊긴 크리스마스가 두렵고
오롯이 굶어야 하는 설날이 눈물겨운 곳이다
어떤 이유가 남겨 준 아픔만 존재하는 딴 세상

불평이 생기거든 을지로역 지하에 가 보자

마음이 추운 자들

길을 나서면
어지러운 상표에 구토가 난다
상대의 욕망에 빙의되어 물가만 탓하는 빈 장바구니들과
미래 잃은 결정들이 줄줄이 알사탕이라 어금니가 아프다

없어서 못 파는 명품과
없어도 사야 하는 추운 자들, 그 이름은 보~옹
겨울엔 상표가 겉돌아 더 추워 보이는 보~옹
언 결정들이 사방에 널브러져 발밑이 미끄럽다

길을 나서면
마음이 추운 자들로 눈이 아프다
누구의 핏물로 흔들고 다니는지 알 필요 없지만
온기를 지닌 상표도 더러 더러 고개 숙이고 있다

단정한 운동화 신은 보석은 금방에만 있진 않다

뒷모습은 그들의 것이지

차가운 입김이 닿을까
내 등은 언제나 할미꽃을 사랑했어
굽은 내 등은 민낯보다 대지를 향했지
어떤 캄캄한 밤, 거울이 거울에게 일러주길
눈을 감아야 보이는 것들이 더 많다는 거야

내 철학은 본 것도 진실이 아니라는 진실이라
차가운 입김에 그들 민낯 얼어버릴지 몰라서
내 등은 언제나 할미꽃을 사랑하는 척했어
어쩌면
네 이마에 난 흉터가 보기 싫어서인지도 모르겠어

세상엔 민낯들이 너무 많아
값나가는 화장도 가려주지 못하는 흔적들, 어쩌다
그들 고개가 들려질수록 뚜렷해져 측은하기도 하드라
먼 길을 왔지만 굽은 등을 꺾어 돌아갈까 생각 중이야
돌아오는 길엔 등 굽지 않은 내 뒷모습을 보여줄 거야

뒷모습이 아름다워야 된다. 많이 들어 본 말이지
뒷모습은 내 것이 아니라 거울을 통한 그들의 것이잖아

너였음 좋겠어

더 돌아보는 시선들
당연하다 생각했어
대놓고 치근대는 다반사
그것조차 당연하다 생각했지

거울도 분명 꽃이라 말하니

언젠가부터
꽃은 안색을 잃더니 지금은
아무도 쳐다보지 않아, 허나
당연하다고 생각해

거울도 이젠 화석이라 말하니

훗날
신문에 날지도 몰라 멸종된 꽃에 대해
그 기사를 접할 단 한 사람이 바로
멸종된 이유를 말해 줄 너였음 좋겠어

공기의 매질

이랑이 이랑을 덮어 잔잔한 호수에
철없는 돌팔매는 고요를 깨워 새들이 달아난다
땅에 있던 풀들이 서로를 부비며 바람에 힘겨울 즈음
바람은 바람의 매질로 더는 하늘을 볼 수 없는 풀들

흥정이 흥정에 눌려 아우성인 장터엔
이제 젖 뗀 강아지 애먼 곳에 팔려가는 아우성과
곁에 있던 창틀 속 하얀 토끼 눈에 낮달의 붉음과
가지가지 하소는 노이즈 캔슬링에 니나노만 흐른다

선한 간섭이 선한 간섭으로 보강이 되려는 기대는
악한 간섭이 악한 간섭으로 상쇄가 된 허탈함이 전부
거센 공기의 매질로 약한 울음은 더는 들리지도 않나 보다
이제 취할 일은 하나뿐 나무관세음예수를 부르는 기도祈禱

그리움을 향한 랩소디

어느 결
세월에도 허기가 들어 기진한 기억의 조각들
다행이었을까 여기쯤에서 돌아보는 저기 끝자락
광목치맛자락 날리던 그 바람 그대로이고
눈물 삼키며 조심하라던 그 언덕 그대로인데
꽃물보다 진한 사랑 나누어 주던 그 모습은 어디에도
유산으로 물려받은 글 한 줄 들고 에돌다 당도해 보니
북망산천에 물안개 내려 갈 길 묻어 두고 묘 등에 기댑니다

겹겹이
살아온 시간들이 스냅 사진처럼 흩어진다
그 시절엔 그랬지 그럴 수밖에 없었겠지 끄덕여 봐도
열 자식 먹이고 입히느라 손이 갈퀴 같았던 내 어무이
열 자식 옆길 샐까 악역만 자청하신 대쪽 같던 내 아버지
조만간 만나게 되겠지 삭신 저리는 그 나이에 선 이 여식
눈물 깊은 페이지는 쌓여만 가고 어떤 것도 심드렁한 가슴은
그리움이 길을 잃을 때마다 드러내고 싶은 갈증에 목이 탑니다

A Rhapsody for Nostalgia

Before I knew it
Hungry and exhausted memory pieces of time
I'm glad I'm here and I'm looking around that skirt
The wind blown the skirt of cotton cloth remains un-
changed
It's the same wind as has been flying on the skirt
It's just like that hill you said to swallow tears and be
careful..
Where was the figure sharing more love than flowers?
When I took a line of inherited articles and arrived there
I bury the way down the water mist in the cemetery and
lean against the grave

Manifoldly
The times of life are scattered like snapshots.
I did in those days. I had to. I didn't care.
My mother feeding and dressing ten children and having
rake hands.
My father of the grand character, afraid of children being
wrong and only volunteered to be a villain
Sooner or later, when should I make a big bow to him?
This daughter at the age that aches the sinews and joints.
The pages of the tears are being stacked and I feel thirsty
to reveal anything in my heart every time longing get lost

샐기죽 기우는 마음

닿지 못할 길을 헤집으려니 삐끗 발목이 잡는다
저만치 보이는 것도 같은데 손은 닿을 수가 없으니
중력에 눌려 더는 소통이 어려운 입들을 강풀로 붙인다
하나둘 스며드는 여운만이 배슥이 다가와 어깨를 토닥인다

흰 눈 덮인 마당엔 아기 고라니 폴짝거리고
마음 안에 내재율 덩달아 이저리 뛰며 부추긴다
신발 몇 켤레가 속상해하고 동전 몇 닢이 천치란다
닿지 못할 길을 곁눈질한 대가치고는 간지러운 수준

가거나 말거나를 수십 번 셈해도 임계점은 아니라니
나라는 책 한 권에 뜯겨진 페이지가 일긋일긋 되비쳐지고
더는 아니라는 것도 오만이라고 저만치 쫓아버리라는데
나의 입김은 어디에 배정되면 신 앞에 부끄럽지 않을까

정의라는 표어 모두 살길이라는 외침도 이미 부메랑이고
창문에 얼비치는 겨울 햇살이 봉인은 아니라고 아우성인데
마음은 샐기죽 흔들리다 모두 흩어져 사방은 살가운 책들만
마음 각에 눌리고 눌려서 압화壓畵로 내걸리는 하얀 이야기

이어진다는 것

튼실한 동아줄도
칼날엔 끊기는 이치 너도 알고 나도 아는데
실낱같은 마음 한 줄이야 얄팍한 입술로 자르고 남지
나팔수 목에 핏대를 올려도 화음은 유지해야 하거늘
지휘를 넘어선 독주는 박수를 얻어낼 수 없는 이유
가치는 다른 가치를 이끌어 세상은 다음 순서를 만들고
순리에 너와 나 이어져 우리가 되고 하나로 성장해야 하거늘
독주에 북소리 묻혀 버린 난감은 오롯이 지휘자의 슬픔이려니
숨겨 둔 보석도
도적이 들면 목숨과 바꾸는 이치 너도 알고 나도 아는데
난전에 흩어진 구슬임에야 어떤 가치로 목숨을 구걸할까
숨을 곳 드러내는 아름다운 희생은 셈법으로는 답이 없거늘
큰소리 잠재우는 침묵에 고독을 불러 하얀 새벽을 껴안는 이유
가치는 다른 가치를 이끌어 세상은 다음 순서에서 성숙하고
이어진 줄은 굵은 매듭을 남겨 더는 번지지 못하는 긴 여운
칼날을 보지 못한 안목은 오롯이 지휘자의 진한 자책이려니

시월 마지막 날

-다행이었다고나 할까
사방에 진을 친 거미줄에다
키만큼 자란 잡풀더미 속이라
흔들리는 어깨를 숨길 수 있어서-

-시월 마지막 날이라
바닥에 뒹구는 낙엽에다
이끼로 추레한 돌탑이 가려주니
퍼질러 앉아 소리 없이 울 수 있었다-

-까맣게 지워질까 두려워
나만 아는 그 눈빛 어찌 잊고
나만 아는 그 지성 어찌 지우라고
입 막은 수건도 이건 아니라 통곡하는 바-

-그리 바삐 가셨는지
피로 쓴 글들은 갈바람에 흩어지고
오골성 그 성정 어디서도 찾을 수 없은데
고통 없는 곳에서 아름다운 시 쓰시려고-

-고통 없는 그 곳에서 편히 잠드소서
아름답게 데려가 달라는 당신의 기도대로
바람에 일렁이는 충충나무 위에 오르셨습니다
그대 영전 앞에 홀로 조아려 서사시 바치오니-

2021년 10월 마지막 날
故채수영 은사님 배웅

詩聖은 내 가슴에

임께서 걸어가신
그 길이 아름다웠던 것은
화사한 꽃길이어서가 아니라
호되게 일러주신 귀하고 귀한 가르침 때론
오골성 무표정으로 던져 주시던 가끔의 미소
남겨진 슬픈 가슴에 시성詩聖으로 우뚝하십니다

하늘에 빠진 호수처럼 투명하셨고
연잎 타고 흐르는 이슬처럼 맑아서
적당히 가자던 길을 임은 차마 갈 수 없어
긴 날숨에 하소를 터트리며 하시던 말씀
"거개 문학상은 뒷거래로 이루어지고
문단은 많으나 정작 시인은 없고
시인은 많으나 詩다운 詩가 없어" 아파하셨지요

문학적 창조의 깊이를 발굴하는 일이 인생이셨습니다

의식의 맹렬한 집중력이 행복이었다 하셨으니
그곳에서도 장고의 필로 육신은 몰라라 하시는지요
"바라보면 꽃처럼 고아라, 바라보아 꽃처럼 고아라"시던

仁松이 삼가 조아려 명복을 비오니 머지않아 만나거든
부디 애제자로 다시 인정해 주시기를 간청하오며
詩聖은 가고 없어도 남겨 주신 향기가 하 깊어서
풀벌레 우는 가을을 핑계 삼아 뜨겁게 숨죽여 웁니다

시詩의 영혼이여!

낙랑공주 북 찢던 칼
그 날카로움 끝에서 떨렸던 시詩여

신사임당 화선지에
수묵화 난으로 피어 고독했던 시詩여

논개 가락지로 하나 되어
기꺼이 낙화로 잠긴 시詩여

사랑이라 피었다
고독과 충절로 승화한 시詩여

어디에나 있으나
어디에도 없는 시詩의 영혼이여

The soul of poetry!

By the knife that tore the princess Nakrang's drum;
Poetry that trembled at the edge of the sharpness!

In the Shinsaimdang's Chinese drawing paper;
Poetry that was lonely by blooming with the ink painting!

By a set of Nongae's two rings;
Poetry that became one and was under water as a falling
flower!

With a blooming love;
Poetry that sublimated into solitude and loyalty!

Despite being everywhere;
The soul of poetry that is nowhere!

* princess Nakrang : the woman who loves the enemy
* Shinsaimdang : The lonely female painter
* Nongae : She died holding the head of the enemy

한 사람

혼자
먼 길을 가버린 사람
이래서 밉고
저래서 미웠던 한 사람

목련이
수십 번 피고 졌나
미움도 곰삭아
그리움으로 옹이진 한 사람

날궂인가
그 사람 봉안 당에
빨간 장미 걸어두고
돌아오는 길

가을비는
또 누굴 떠나보냈는지
모가지에 피를 올려
이틀째 울고 있나

My Own Person

Alone
A man who has gone far away:
A person who I hated
For one reason or another.

The magnolia
Has bloomed and lost dozens of times!
He is a person
Who has longed for hate.

What a cloudy weather?!
For him in the enshrinement
With roses hanging.
On my way home

Whom did this autumn rain
Also pass away?
Who is crying for the second day
With a blood on your neck.

4

아이들의 배꼽

노보리와 동발

좁은 경사면 기어올라 탄을 캐는 지하 갱도엔
막장인생들 거친 숨소리에 동발이 무너진다

출근길에 여자가 앞을 가로질러 재수 없다던
용식이 아버지의 투덜거림도
지난밤 꿈이 사나워 결근하려다 나왔다던
춘식이 아버지의 하소도 석탄 더미에 묻힌다

한날한시에 과부로 전락한 피울음들
한날한시에 가난에 내몰린 코흘리개들
난 보았다 그것도 예민한 사춘기에
난 들었다 막장인생들의 어이없는 주검을

구공탄 아홉 구멍엔
석탄이 폐에 박혀 가슴 조이는 아픔들과
흙수저로 태어난 가없는 목숨이 불꽃으로 핀다
삼가 가혹한 그 노보리는 막장인생들의 명줄이었다

*노보리 : 지하 좁은 경사면을 기어오르며 탄을 캐는 갱도
*동발 : 갱도가 무너지지 않게 받치는 기둥

산목숨은 다 그렇단다

우리 살아내며 얼마나 아팠던가
가로저을 의문도 끄덕여 수긍해야 했고
시선 낮춘 쓴웃음 꺼이꺼이 삼키며
멀리 바라보기로 참아 내는 애씀은 또 얼마였던가

굴곡 깊은 심연을 지나 한적에 이르러, 여기
움츠린 가슴으로 애꿎은 하늘에 하소를 던지며
바람이 들려주는 위로에 눅눅함을 덜어내려
아래로 아래로 삭히던 헛웃음은 또 얼마였던가

정리되지 못한 의문으로 인생이 버거울 즈음
발등에 내려앉은 피멍든 단풍잎의 조곤조곤 왈
시인의 인생은 늘 천형이니 그러려니 살으란다
산목숨은 다 그렇단다

맞춰 보실래요

부모님 호명은 못난이
사람들 호명은 예쁜이
이렇게 한 시절이 가고 콧물이 마를 즈음

부모님 눈엔 바보
사람들 눈엔 천재
누구의 호명이 옳은지 나를 알아갈 즈음

부모님은 책벌레라 하시고
사람들은 미쳤다고 했었다
내 의식의 굴뚝에 흰나비 모락거렸을 뿐인데

아무개 자식
아무개 아내
아무개 엄마란 페르소나들끼리 한참 다툼을 하다가

어디의 대표
어디의 회장
어디의 작가란 페르소나들끼리 또 다툼을 하는 여기

모두에게 있다지만

어디에도 없는 그림자

우리는 지금 어디 있으며 대체 누구입니까. 맞춰 보실래요

차라리 오페라 무대라면

관자놀이 타고 흐르는 레퀴엠이 차라리
오페라 무대라면 피날레로 막이라도 내리련만

죽은 자를 위로하는 핼로윈 데이가 어쩌다
산 자를 잡아가는 사탄의 축제더란 말이냐

다시는 품을 수 없는 일백오십 아홉 체온들
다시는 볼 수조차 없는 그 미소들 어떡해 어떡해

고운 딸 기다리던 절규에 단풍은 핏빛으로 물들고
장한 아들 기다리던 하소에 하늘도 찬서리로 우는데

시인이면 뭐해
위로가 난감해 하늘만 쳐다보는 초라한 이 꼬락서니

여전사

큰 쓰레기봉투와 집게 들고
토요일엔 광화문 바닥을 헤맨다
빗물에 젖어 해진 태극기 줍고
폭설에 젖어 해진 성조기 담으며
오른쪽 발가락 동상을 덤으로 얻어도
나만의 고요한 외침으로 행진에 섰다

고모부를 고사포로 가루로 만들고
이복형을 말레이시아 세팡에서 암살한 금수
아니 금수만도 못한 괴물을 머리에 이고 사는데
문門은 뒷門을 열어 퍼주기 혈안인 이 난장판에
오줌지린 노구들 행렬은 가없는 피눈물로 질펀하고
결곡한 여인의 옥살이는 뼈에 사무쳐 목젖이 떨린다

책만 끼고 있기엔 역사에 죄스러워 한 점이 되었다
빌린 돈으로 포항제철을 세운 그 눈물에 감사해서
이나마 누리는 자유를 준 선조들의 한限이 기막혀서
눈물에 젖어 해진 휴지를 줍고 또 줍고
콧물에 젖어 해진 마음들은 눈빛으로 달래 주다 보면
어느새 큰 봉투는 만삭에 이르고 끙끙 밤을 앓는
나는 여전사

71

철 지난 아름다움

철 지난 아름다움을 화두로 산책 길 나섰다

-누가 데려갔을까
꺾지도 못하고 미수에 그친 수숫대 하나로
꼬박 삼 년 위험한 철길 기어서 등교했던 그 아이-

-어디로 갔을까
월사금 오백 원 교실에서 잃어버리고
아버지 무서워 말 못하고 뒷동산으로 등교했던 그 아이-

-어디서 물이 들었을까
비실해서 다른 형제보다 달리 챙겨주셨던 이밥도시락
더 가난한 친구에게 건네주고 당당하게 엄마를 속인 그 아이-

착각이 준 허무

외롭다기에
보듬고 안아 얼러 주었다
꽃을 좋아한다기에
꽃목걸이 엮어 걸어 주었다

돈을 좋아한다기에
금고 열어 셈법 없이 주었다
명품을 좋아한다기에
에르메스로 둘러 주었다

안아주니 업으라 하고
업으니 이젠 재워 달랜다
아뿔싸 빗장을 잠그고 착각을 배운다
자존감만은 내어 줄 수 없기에...

시적 허용은 파도를 타고

드러난 아랫도리는 언제나 부끄럽지만
오므리고 싶어도 벌리고 살아야 할 운명이라서
뭇 남성들 발에 밟히고 무언가에 찔려 늘 아려도
거부할 입술은커녕 두 팔조차 없어 서러운 이름이여

낮에도 실오라기 하나 걸쳐보지 못한 나에게
오롯이 세찬 파도를 견뎌야 하는 무게만이 소임이라니
숱한 방문에 허벅지가 찢어져도 이렇게 살아야 하는 신세
같은 운명은 사방에도 널브러져 있어 더는 부끄럽지도 않다

달이 뜨고 달이 지고 세월의 켜가 깊어질수록 방문은 잦아
사타구니는 헐지만 온갖 무기물로 기름칠한 매끄러운 자태
이미 허벅지는 더 이상 올라타지 못하는 금지구역 팻말, 허나
습관을 버리지 못한 방문에 신발 한 짝 미끄러져 사라져 간다

세상은 매끄러운 하체를 탓하지만 별들은 내 억울함을 알지
비록 이 모습으로 살아도 강철 같은 지조 지녔음을 달님도 알지
습관을 버리지 못한 방문은 신발 한 짝만 남긴, 오늘은 그런 날
이젠 초록 털이 수북한 고대 건축물
-낯선 내 이름은 "테트라포드"

갈 빛이 따갑다

아픈 영혼이
늘어진 거미다리에 걸려 비틀거리다
귀뚜라미 애절한 목청에 무르팍 일으켜
눅눅한 속내 바람에 말리려 창문을 연다

살아야 한다며
심지 않은 호박은 넝쿨손을 휘젓고
거두지 않은 복숭아도 알을 키우는데
팻기 잃은 버석한 영혼은 밑동부터 부실하다

가을이라서
새들한 내 촉수는 헛것을 두드리고
맘 둘 곳 어디도 없으니 방황이라 말하련다
못났다 호통치는 갈 빛은 더 따갑기만 하고

어쩌겠니 삶인데

울지 말거라
꼭 잡지 않아서 놓치는 것이 어디
핸드폰 하나뿐이겠니
네 어미도 그랬고
네 아비도 이 할미도 수없이 겪었다만
울지 않아도 해결될 일이니 얼마나 다행이니

네가 한 실수는
옛날 할미가 바람에 놓쳐 버려서
다시는 돌아오지 않는 꼬리연 같은 거다
바람도 탓해 보고 가는 연줄도 탓해 봤다만
골 넘고 산 넘어가더니 돌아오지 않더구나
네 할아버지처럼...

어서 뚝 하거라
살면서 깨트리는 것이 핸드폰이면
새것으로 사면 되는 아주 작은 일이란다
이 할미가 부탁하건데
살 수 없는 것을 잃으면 결코 안 된다
사람이라든지 정직이라든지...

안중에도 없어라

젊은 날 겨드랑이엔 날개가 있어
어디든 날 수 있다는 오만한 꿈으로
하늘 높은 줄 몰라라 부풀어 올랐지

하강을 잊어버린 어느 날

날개엔 바람이 만든 숭숭한 구멍들 점차
그리고 더해진 무게 청상이란 주홍글씨까지
더는 날 수 없어 곤두박질한 은둔의 자리

비상을 잊고 산 황혼녘

봄이면 나이팅게일 새 휘파람에 위로받지
여름이면 체리세이지 향기에 넋 잃게 되지
가을 겨울이면 이지러진 낮달에 시도 건지니

이제 청상이란 주홍글씨는 안중에도 없어라

아이들의 배꼽

배꼽도 없는 아이들 수백 명이 해킹 당했다
식인종은 아닐 테니 배꼽을 찾아 더듬겠지만
내 아이들의 배꼽은 쉽게 풀지 못하는 모스 부호
다른 이름 지어주고 제자식이라고 침이 마르겠다
눈매 고운아이 코 잘생긴 아이 귀 잘생긴 아이들
잃고 보니 하나같이 배 아파서 낳은 내적 흔적들
납치될 줄 알았으면 배꼽 위치라도 적어 줄 껄껄

이미 곰삭아 옹이가 된 슬픈 옛이야기인데

아이들의 숨겨 둔 배꼽이 자꾸만 눈에 밟혀서
또 낳고 또 지우기 반복에 그림자도 야윌 즈음
"문학평론가 눈엔 배꼽이 보이세요"질문 차에 실려
얄궂은 이름표를 단 아이를 우연히 만나게 되었다
네 어미가 누구냐 물었으나 아이는 이미 말을 잊었다
나는 그 아이를 위해 배꼽의 위치를 꼼꼼히 적어준 후
이렇게 독백한다, 어디서든 기죽지 말고 잘 펼쳐가기를...

끊이지 않는 노이즈 (소음)

겨울 신상품 최저가 할인으로 만나보세요 1
  (아직도 소비자를 바보로 아는군)

국세청 미수령 환급금 아직 안 받으셨나요 1
  (국세청이? 웃기는 짬뽕들)

당신의 해외 신한 카드 사용 금액 3,890.000원 1
  (신한카드? 보이스피싱이다)

우리나라 개판치는 넘들은 누구 1
  (이데올로기로 편 가르는구나)

복재희께서 주문하신 책 오늘 배달합니다
  (이것은 기다리던 톡)

희야!, 추분데 우째 지내노? 1
  (추워서 꼼짝하기 싫어요)

          .
          .
          .

까똑 까똑 노이즈들
귀마개가 필수아이템인 나만의 이유

5

**우린 왜 시처럼
살 수 없나**

내려다보니 보인다

기내 와인이 어깨에 힘을 줄일 때
풍경도 거나해져 비틀거리며 말을 걸기를
저기 아래 바득바득 사는 종족을 보라네
빌딩 한 점 운동장 한 점 움직이는 꼬물이들
돋보기를 두고 온 눈엔 그저 작은 점, 점들만

눈을 감은 눈에 억척이 보이고 수갑이 보이고
길이 아닌 길을 헤매다 깁스한 양심이 보이고
주머니가 터져서 사방 흩어지는 허망도 보이고
넓어서 귀찮던 내 정원은 본시 있지도 않은 땅
그러니 살가운 꽃들은 이미 볼 수 없는 신의 것

금고 속에 헐떡이는 금두꺼비가 산소를 찾고
문서 속에 적힌 비밀은 빛바랜 종이쪽일 뿐
비만도 주림도 산과 바다로 흐르는 흙 한 줌인 것을
예전에 안 것이 환하게 다가오는 황혼녘 태평양
하늘에서 내려다보니 모든 것이 깃털인 것을

분리수거

이마를 뜨겁게 하던 것을 버렸어
그동안 보관했던 수고가 목에 걸렸거든
누군가에겐 요긴할 수 있을지 모르겠지만
그냥 펼쳐 놓으면 불법이라니 구겨 담았어

꽃이 피니 꽃을 닮겠지 생각했어
비 오니 말끔하게 씻기겠지 믿었고
흰 눈이 내리니 가려지겠거니 두었지
꽃인 척 씻긴 척 덮인 척, 척 척 척

쓰레기장을 드나들던 들쥐가 봉지를 뜯네
구린내를 탐하는 까마귀가 입맛을 다시네
버리고 나니 마음이 훤해져 거리가 생겼어
진즉 처리 못한 후회들은 풍을 읊고 있는데

순수문학 현주소

외롭다
아우성인 찬 겨울 들판에 서니
햇살조차 거짓이었나 마음마저 시리다
사위四圍 잘난 사람들의 목소리
침묵하는 못난 사람은 입이 근질하다

추위에 약한 체질들 이미 떠나고
행간이 무서운 글들만 버티느라 외롭다
멀어진 관심으로 헛헛한 글들은
가슴언저리 맴돌다 어느 결
바람 잦아든 곳에 안주하길 기도할 뿐

그리움이 된 얼굴들 글들 잘들 계시는지
마중물 되어 눈물을 숨겨주려 했으나
끝내 고갈된 슬픈 내 동공만 흐느적이니
우리 쌓아둔 책갈피에서라도 만나자구요
지난날의 갈증과 온밤 지새운 고뇌 선명하니

만나지 않은들 어찌 잊으며
만나지 못한들 어찌 잊혀지리오
한줄기 바람 일면 제 마음의 안부라 여기세요
여백에 낙관落款조차 찍을 수 없는 이 먹먹함은
그리움이 까맣게 옹이진 까닭일 테지요

정구업진언 淨口業眞言

가없이 슬프면
눈물이 길을 잃는 이유 아시지요
설명 없어도 어떤 허망인지 아시겠지요
그림자 없어질 때까지 함께하자 해놓고 아니
하늘 높이 인정한다며 고운 입술로 부추기더니 지금
불덩이 하나 남기고 이렇게 그렇게 등을 보인 어처구니

가없이 힘들면
그 곤함에 잠들지 못함을 아시지요
설명 없어도 얼마나 창백한 시간인지 아시겠지요
밤길을 달려가 준 마음 못 잊는다 해놓고 아니
너 밖에 없다 너 뿐이다 부드러운 입술로 속삭이더니 지금
말 같은 말 한 방울 없이 휴지처럼 어둠 속으로 떠난 뒷모습

가없이 보내며
수리수리 마하수리 수수리 사바하
수리수리 마하수리 수수리 사바하
수리수리 마하수리 수수리 사바하
수리수리 마하수리 수수리 사바하
낮달이 윙크하며 다독인다 淨口業眞言 탄생 이유라고

우린 왜 시처럼 살 수 없나

있음과 없음의 경계가 없는 시의 세계

시련에다 눈물을 섞은 비빔밥이 시의 양식이라면
그 비빔밥을 얻기 위해 양푼을 준비해야 하는 일
차라리 계단 없는 천국 바라기가 나을지도 모르지

세상이란 박스에 담겨 있는 한정된 가나다라들 모아
너도 시인이고 나도 시인이라 포장하는 헐렁한 이름은
세종대왕의 눈물을 훔치는 일 외엔 무채색 간판일 뿐

눈물보다 기쁨을 시련보다 행복을 담으려는 욕망으로
어제는 자신을 속이고 오늘은 이웃을 멀리하는 이방인
나我 라는 경계를 허물지 못한 담장엔 바람만 넘나든다

우린 왜 시처럼 하얗게 살 수 없는 걸까
우린 왜 시처럼 이타적이지 못하는 걸까
우린 왜 시처럼 죽어야 사는 이치를 외면할까

詩라는 경계, 그 경계를 깨지 못해 완장이 된 이름들

리더의 덕목

-철없는 자의 요란함도 들어주고
어이없는 과시에도 질끈 눈감아 줘야 합니다
리더의 덕목은 침묵이라서-

-순수성 잃은 엉킴조차 풀어주고
내면을 살찌울 거름이 되어 줘야 합니다
리더의 덕목은 포용이라서- 허나

-한 해 두 해 보듬고 보듬어도
깝치기만 한다면 과감히 지워야 합니다
리더의 덕목은 다수를 위함이라서-

누가 내 이름을 불러 주오

파일로 쌓여진 글들을 바라보면
거개 피눈물의 침묵과 돌아보는 하소들이다
방황과 불면 심연의 고통까지 지난함에 젖은 얼룩들
두께만큼 무거운 삶의 높이를 지긋이 바라보는 심사엔
남달리 살지 못한 바보와 잘살았다는 위안이 동거한다
내 이름 내가 부를 일 없듯
내 글의 주인은 누군가의 가슴이라서
늘상 고독만 내 것이었다
단지
글꼬리에 이는 바람 한 줄 떨치지 못해 지금도
신열로 안고 가는 가나다라는 언제나 갑질로 뇌수를 조종하고
문장의 헤맴도 마지막 탈고도 옹색함 끝에서 쥐구멍 찾아들지만
머잖아 잔설이 봄에 녹아내릴 때
대지의 움 틔움에 화들짝 놀랄 가슴 하나 남아 있으니
누가 내 이름을 불러주는 날이 온다면 그날엔
버선발로 나아가 뽀송한 백지에 해맑은 글로 맞이하리라
누가 내 글에 이름을 불러 주는 그날이 온다면...

그리고 그러고 그러고도

신이 헷갈려 뭉칫돈을 준다면

그중 반을 잘라 찾아갈 곳이 있어
올망졸망 천사들 아장아장 걸음에 줄 거야

그리고, 또 반을 잘라 찾아갈 곳이 있어
이름조차 지워져 아기가 된 고독에 줄 거야

그리고 또 반을 잘라 갈 곳이 있어
준비 없이 엄마가 된 고귀한 출산에 줄 거야

그러고도 남는다면 나를 찾을 거야
시작詩作에 쓸 원고지 한 묶음 사 줄 거야

팔자소관인 걸 어떡해

컴 앞에 앉으면 늘 그렇듯
태곳적 고요 속에
소리 없는 아우성들 왁자하다
이름을 달라 졸라대는 소리
향기를 달라 깝치는 소리 소리로
더러는 순순히 다소곳한 낱자도 있지만
더러는 아물지 못한 생채기라 스미는 핏기

컴 앞에 앉으면 때론

큰 강으로 밀려오는 수많은 기억의 편린들
퍼즐 조각이 되고자 서로 잘났다 다툼이 일고
지워진 영혼은 다시 자리를 달라 물러서지 않으니
행간에 멈춰선 난해의 다툼은 엉키어 아수라장이다
거반 어림도 없어 삭제클릭 다반사로 컴을 닫는 허망
밥이 나오나 돈이 나오나 긴 날숨 끝에 자위하는 말

팔자소관인 걸 어떡해!

하늘이 시인에게

난 늘 푸르길 바랬어
네가 올려다보는 눈길이 참 좋거든
네 눈이 슬프면 난 그냥
울 수밖에 없어
장독 뚜껑을 덮으랴
빨래를 걷으랴 나를 잊고 원망하니까

너도 늘 푸르길 바랬지
널 사랑하는 눈길들이 참 좋아서
도적 떼 너를 덮치니 그냥
너도 울 수밖에 없었지
너나 나나 맑은 날 올 거야
또 속더라도 믿어보자 이것이 인생이니까

하아얀 눈

너의 근성이 무섭다
삽으로 다져도 덤덤하고
공으로 굴려도 덤덤하다가
두 몸을 붙여 사람으로 환생하는

너의 맷집이 무섭다
빗자루로 쓸려도 덤덤하고
차바퀴가 뭉개도 덤덤하다가
녹이고 녹여 봄으로 환생하는

너의 처연함이 무섭다
벼랑에서도 덤덤하고
절벽에서도 덤덤하다가
흐르고 흘러 바다로 환생하는...

해당이 안 됩니다

끝자리가 5000번? 호기심에 전화를 받는다

오른손잡이인 나는 우측을 좋아하고
왼손잡이인 아들은 좌측이 편하다 하고
방향이 다른 우리는 촛불과 태극기로 나뉜다

아들은 어머니답지 못하다고 풍선껌을 불고
나는 아들을 낳고 먹은 미역국이 아깝다 하고
주머니가 동나서 일까 땡감은 익을 생각도 않는다

끝자리 5000번이 묻는다
사시는 지역은 어디세요?
나이는 어떻게 되시나요?
학력은 어떻게 되세요? 정치 성향은 진보세요? 보수세요?

저는 콘크리트 보수인데요

해당이 안 됩니다. 뚜 뚜 뚜 뚝

6

어렴풋이
알겠어요

철탑과 철탑

담배 연기에 철탑 하나가 녹아내리고
구름이 원을 그려 보나 마나를 가리려다
한 철탑의 찬기에 풀이 죽어 몰라라 흐른다
배 채우려는 저어새 날갯짓이 느려서 미울 때쯤
시인의 만년필엔 잉크가 바닥이 난다

먼 동공에 철탑 하나가 다시 일어서고
전선을 일으켜 아랫마을 어둠에 닿으려다
한 철탑의 전류에 입이 타버리고 빛은 죽었다
고라니 목청에 가시가 걸려 두 귀를 막을 때쯤
시인의 백지는 주린 배를 은박지처럼 구겨 삼킨다

철탑과 철탑은 있어도 없고 없어도 있어서
서로 맞닿아 슬픈 수평선을 열어보려다, 더 이상
한순간 헛웃음에 정신을 잃더니 부표마저 잃었다
겨울밤 지난 길고양이 코털에 언 졸음이 매달릴 때쯤
무게를 줄이지 못한 철탑 하나가 서서히 가라앉고 있다

무게를 줄이지 못한 철탑 하나 모나리자처럼 미소를 띠우고

눈 눈 눈

때론 부처도 앉고
때때론 도적도 들어앉아
맑을 때도 혼미할 때도 있어 껌뻑이는 눈

때론 명주실처럼
때때론 가마니째로 퍼부어
온 대지를 흰 천으로 모두 덮어버리는 눈

때론 더위를 견디고
때때론 추위를 보듬어
하얀 순결로 견딘 북향화 목련의 눈

부처가 앉은 네 눈도 좋고
하늘이 내리는 하얀 눈도 좋다만
잘 빨아 말린 버선 같은 목련 꽃눈이 좋아라

내 찻잔에 향기로 우려지는 목련꽃눈 으~음 좋아라

어렴풋이 알겠어요

-예전엔 몰랐어요
저 범 부채 꽃 볼에 누가 주근깨를 찍었는지
저 키 낮은 제비꽃에 누가 보랏빛을 쏟았는지
저 무당벌레 등에 누가 까만 점을 얹었는지를-

-예전엔 정말 몰랐어요
저 매미는 왜 저리 요란하게 우는지
저 고추잠자리는 왜 등에 업혀 나는지
저 갈대는 왜 작은 바람에도 흔들리는지를-

-이젠 알겠어요
저 개구리 요란하게 우는 속내와
저 청보리밭에 바람이 스치는 이유와
저 별들이 어두워야 빛나는 진리까지도-

이젠 어렴풋이 알겠어요
저 말들에 상처받는 내 안에 카르마와
저 몸짓에 드러나는 저들의 카르마까지
레테강 가까이 이르니 이젠 어렴풋이 알겠어요

십일월의 봄

십일월에 개나리가 꽃을 피우기에
뭣하다 이제야 눈을 뜨냐고 물으니
목련에게 떼인 돈 받느라고 늦었다네

용케 너만의 색은 잃지 않았구나

십일월에 목련이 꽃을 피우기에
뭣하다 이제야 봄을 알리냐 물으니
개나리에게 떼인 돈 받느라 늦었다네

용케 너만의 향은 잃지 않았구나

십일월에 단풍이 파랗기에
뭣하다 아직도 붉지 못하냐 물으니
입 속에 가둬 둔 말 차마 할 수 없다 하네

용케 떨켜층 열려서 배고프진 않겠구나

새벽을 앓았네

달이 둥실하기에
커피 한 잔 들고 달빛 아래 섰네

잔 속에 담긴 달이
나에게 시를 아느냐고 묻네, 차마
답하지 못하고
붉어지는 얼굴만 숨기고 서 있네

시를 안다고 답하고 싶어서
흠씬 젖은 몸으로 새벽을 앓았네

봄이 도착했습니다

딩~동 봄이 도착했습니다
통통한 냉이보따리
유자 빛 양배추 절임
달짝지근한 고로쇠 물 바삭한 김부각까지

딩~동 사랑이 도착했습니다
손수 빚은 오동통 꿩만두
말랑하고 쫀득한 곶감
고소한 색색한과에 사과즙까지

보냄으로 기쁠 그 가슴 기억하며
이웃과 봄 펼쳐 잔치를 합니다
송글송글 눈가에 봄 이슬 맺힙니다
받는 것에 서툰 마음이 훌쩍입니다

늦가을 기도

쌓음을 버리고
주어서 가득함에 감사케 하소서

채우고 비움이
하나가 되는 가벼움에 족하게 하소서

나눔으로
상대가 기쁨이 되는 가난이게 하소서

닥칠 찬 서리에도
온기 나누며 서로 보듬어 견디게 하소서

저 빈 들판처럼
봄을 향한 기대감으로 설렘이게 하소서

너 나 그리고 우리
늦가을 햇살에 숙성되어 깊어지게 하소서

누가 뚱쳐갔을까

봄이 오데로 갔노
사위를 둘러봐도 먼진지 안갠지 뿌옇다
그때의 봄은 알로롱 달로롱인데 이게 뭐꼬
산도 들도 떼놈들 굴뚝에 웃음을 잃었으니

봄을 돌리도
달래 냉이 씀바귀 시들시들 얄궂다
마음의 동산은 지천이 푸름인데 우짜믄 좋노
사하라사막 모래바람에 동심이 묻혀 버렸으니

봄밤 하늘
길라잡이 별은 대체 누가 뚱쳐갔노
목동자리 아크투르스 처녀자리 스피카
사자자리 데네볼라까지 봄인데 맥도 못 추네

억수로 기다린 봄인데
희뿌연 이 봄 섧고 설워서 참말로 몬 살겠다

습관처럼

새벽
컴을 부팅booting한다
습관처럼

아래층에서
커피를 내려 올라온다
습관처럼

커서cursor는 껌뻑이지만
멍하니 화면만 바라본다
습관처럼

커피만 연거푸 마시고
생각은 엉킨 철수세미 체로 둔 다
습관처럼

시제만 정해놓고
턱을 괸 채로 창밖을 본다
습관처럼

식어버린 커피는 동나고
마중물 못 구하고 컴을 닫는다
습관처럼...

Like a Habit

At dawn
I boot a computer.
like a habit

At the downstairs,
With fresh coffee, I come up to upstairs.
like a habit

In spite of the cursor blnking,
I just stare at the screen blankly.
like a habit

After coffee successively,
My thought is the same as an entangled iron scrubber.
like a habit

After setting a subject for a poem,
I look out of the window with chin rested.
like a habit

With cold coffee running out,
I turn off the computer without a priming water.
like a habit

첫돌 지난 이든이

배가 불러도 울고
배가 고파도 울 때인데
언제나 싱글벙글한 신의 선물

어제는 다섯 번 오늘은 열 번
고작 블루베리 몇 알과 바꾼 키스
할미 얼굴은 온통 달콤한 침 범벅

어제는 뒤뚱이더니
오늘은 척척 잘도 걷는구나
골 깊고 산 높아도 넘어지지 말기를

먼 훗날에도 오늘처럼
티 없는 영혼으로 살아지기를 할미는
온 신들에게 이든이를 부탁할란다

추억의 색채

슬픔도 위로이거니와
눈물길도 어디쯤에선 가벼운 길을 열어 보이느니
새겨진 아픔들 아무것도 아니었음에 감사하자
소나기 온 뒤라서
만나지는 무지개는 우리들 추억의 색채이다
맑은 새암도 때론 흐리거늘
고요한 기다림 익으면 다시 정화수가 될 터이니
하아얀 앞치마에 우리의 잔을 닦아 두자
보글보글 시간이 흐르면
너와 나 마주 앉아 울어도 기쁨이려니

겨울 어느 날

스산한 겨울 어느 날
이름 한 번 불러보기도 어려운 큰 사내가
이 겨울 춥지 말라고 마음을 줍니다 둘은
만두 한 접시를 사이에 두고 앉았습니다
큰 사내의 복스런 먹성에
만두를 집어 입 속에 넣긴 했는데
눈물이 숨어 섞여 짭조름한 맛이 깊습니다
좁은 골목을 빠져나와 큰 사내와 걷는 동안
손이라도 잡아 주고 싶었으나 제 손이 너무 차갑습니다
아무 말 없이 도착한 곳은 버스 정류장이었고
버스에 올라 창문 밖으로 손을 흔들어 준 것이 전부입니다

버스에서 눈물보가 터졌습니다
가슴에 별이 된 한 사내가 목구멍으로 기어 올라와서인지
바람 막아주던 큰 사내 어깨가 시려 보여서인지 알 순 없지만
옆자리 학생이 건네는 손수건을 목례로 받아 다 적십니다
분당 지나고 신갈이 보여도 눈물은 마르지 않습니다
허허로운 벌판에 서 본 터라 상대 웃음 속에 눈물이 보였습니다
막다른 길목에 가 본 터라 침묵 속에 슬픔도 보였습니다

다시 큰 사내를 만나면 까치발로 손이라도 잡아 주어야겠
습니다
종점에 닿기 전 내렸으나 택시 잡을 생각조차 없이 그냥
걷습니다
큰 사내도 울고 있진 않을까 생각하며 올려다 본 밤하늘엔
샛별들이 첫날밤을 치르느라 파르르 떨고 있습니다

털모자가 되는 시간

눈이 실하게 내리면
지렁이의 집도 덮이고 그 울음마저 덮이고
달도 별도 덮이고 산 그림자도 내려오지 못한다

눈 속에 길을 만드는 가로등이 얼음과자를 녹일 때
자그만 창으로 흐르는 불빛은 털장갑을 짜는 하얀 손
한 켤레의 발자국은 시를 쓰려다 하얀 백지만 녹인다

눈이 실하게 내리면
세상의 발걸음들은 털모자가 되는 시간
페치카에 장작 타는 어둠이 커피를 내린다

눈 속에 동화가 되고 싶은 여인의 입술이 붉어지고
눈발도 더 굵어지고 침대 불빛들은 알아서 색을 바꾼다
창문을 넘보던 눈발조차 눈치에 녹으며 사라지고 만다

눈이 실하게 내리면
목숨이 달린 것들은 모두 사랑을 짜는 씨줄과 날줄
눈발도 가늘어지고 고요한 꿈길을 청하는 나른함

지
금
은 그런 찰나

탓 탓은 자신을 향해야

교과서적인 글은 삼류라서 피함이 옳다만

혼자 맑다고 고집하는 영혼을 위한 일탈임에야
삶에서 알아야 하는 것은 이미 유치원에서 배웠듯
열두 색 크레용을 적절히 사용해서 집도 가족도 그렸지
하얀색만 우겼다면 그림은 완성된 것이 하나도 없을 터

장미가 붉은 것이 장미 탓일까
찔레가 하얀 것이 찔레 탓일까
이것은 옳고 그름의 차이가 아니라
다른 것일 뿐 탓할 일은 더욱이 아니지

하얀색만 옳다는 영혼아
우리네 삶은 링 위에 선 투전판이 아니야
너 죽어야 내가 사는 동물의 세계는 더욱 아니지
절룩거리는 여정에서 서로 부추기며 가는 문우잖아

탓 탓은 자신을 향해야 성숙의 이름이 되거늘
내미는 손 뿌리치는 그 잣대는 글 길에 장애일 뿐이야
회전문을 통과해야 만남이 이뤄지잖아
한 바퀴 돌아서 상대의 색을 인정해 봐 조화로움에 눈부실 거야

숨겨둔 이름 하나

누가 알세라
하얀 고쟁이에 꼭꼭 숨겨둔 이름 하나있습니다

나를 어미소인 양
걸음걸음 움직일 때마다
목매기처럼 따라다니는 이름 하나있습니다

그루잠일 땐 걱정하는 눈빛으로 오시고
동그마니 멍한 시선엔 눈물로 오십니다

오늘처럼
된서리 내려 오슬오슬한 날에는
솜털로 한 땀 한 땀 지어준 너널을 신고오십니다

누가 알세라
가슴 밑동에 꼭꼭 숨겨둔 아픈 이름 하나있습니다

벚꽃이 흐드러진 어느 해
옷소매 한끝 흔들어 주지 않고 떠난 이름입니다

바늘꽃처럼 작은 바람에도 스러지는 나를
허허로운 버덩에 두고 그렇게 그렇게
야멸차게 떠난 이름 입니다

어쩌자고
스무 해가 지났건만 어쩌자고
휑한 도린 결 까지 따라와
어서 집에 가라며 다독이는 이름 입니다

누가 알세라
웃음 뒤에 꼭꼭 숨겨둔 그리운 이름 하나 있습니다

잊으려 해도 지워버리려 해도
생인손처럼 아리고 아린 이름 입니다
사시랑이 같은 나를 하늘만큼 사랑해준 이름 입니다

지금은
하루가 다한 지금은
하얀 저어새에 올라 석양으로 오셨습니다

잠시 후면 서산너머 사라질 그리운 이름이라서
사자처럼 목 비틀고 숨죽여 불러봅니다

* 목매기 : 아직 코 뚫지 않은 송아지
* 그루잠 : 깨었다가 다시 든 잠
* 너널 : 추울 때 신는 솜버선
* 버덩 : 잡풀만 우거진 거친들
* 도린곁 : 사람이 가지 않는 외진 곳
* 사시랑이 : 가냘픈 사람